GUÍA DE LECTURA

Escrita por Natalia Torres Behar

La Virgen de los sicarios

de Fernando Vallejo

Entiende fácilmente la literatura con

ResumenExpress.com

www.resumenexpress.com

FERNANDO VALLEJO RENDÓN

EL *ENFANT TERRIBLE* DE LA LITERATURA COLOMBIANA

- **Nacido en 1942 en Medellín (Colombia)**
- **Premios literarios:**
  - Premio Rómulo Gallegos (2003)
  - Premio FIL de Literatura en Lenguas Romances (2011)
- **Funciones destacadas:**
- Doctor *honoris causa* de la Universidad Nacional de Colombia
- **Algunas de sus obras:**
  - *Chapolas negras* (1995), biografía de José Asunción Silva
  - *El desbarrancadero* (2003), novela
  - *La puta de Babilonia* (2007), ensayo
  - *Casablanca la bella* (2013), novela

Fernando Vallejo nació en Medellín (Colombia) en 1942, en el seno de una familia tradicional y conservadora. Aunque empezó a estudiar Filosofía y Letras en Bogotá, nunca terminó esta carrera y se graduó como biólogo. Más tarde estudió cine en Italia y en 1971 se fue a vivir a México. Desde entonces reside en ese país y no ha vuelto a vivir en Colombia.

Aunque usar la expresión de «*enfant terrible*» puede ser un lugar común, en el caso de Vallejo es una descripción adecuada. Crítico de la sociedad colombiana, de sus costumbres provincianas, de su doble moral y de su forma de hacer política, pero sobre todo de la Iglesia católica, Vallejo es un escritor polémico. Sus posturas se ven siempre reflejadas en sus textos, escritos en primera persona, pues él no concibe otra manera de escribir. Varios de ellos son considerados no solo como grandes obras de ficción, sino como retratos fieles de la realidad colombiana.

LA VIRGEN DE LOS SICARIOS

TRADICIONES Y TRANSGRESIONES EN LA MEDELLÍN DE LOS NOVENTA

- **Género:** novela del narcotráfico, testimonio, literatura de visiones, realismo sucio
- **Edición de referencia:** Vallejo, Fernando. 2008. *La Virgen de los sicarios*. Bogotá: Alfaguara
- **Primera edición:** 1994
- **Temáticas:** sicariato: violencia y muerte, Medellín: ciudad de dos caras, amor homosexual, religión católica

La Virgen de los sicarios, publicada en 1994, es, quizás, la novela más famosa de Fernando Vallejo. En esta se ven la mayoría de temas que retomará el autor en obras posteriores y se hace evidente su estilo, poco ortodoxo, obsesivo con la gramática, lleno de cinismo, que ha sido su sello y motivo de fuertes críticas.

Esta novela narra la historia de amor entre Alexis, un joven sicario de los barrios más pobres de Medellín, y Fernando, el narrador, un hombre mayor de cincuenta años, que ha vuelto a su ciudad natal después de muchos años de ausencia. Juntos, Alexis y Fernando recorren la ciudad, que ya no se parece a la de la infancia de Fernando, y construyen una relación imposible siempre cercada por la amenaza de la muerte. Fernando acompaña a Alexis en sus peregrinaciones para visitar a la Virgen de Sabaneta, consiente todos sus caprichos y también es testigo y autor intelectual de varios de los asesinatos del sicario, que se dan por los más diversos y banales motivos. A través de estas experiencias, la novela muestra la decadencia de la ciudad, su violencia, el abandono de millones de sus habitantes y por qué Colombia en general, para Vallejo, es un país condenado y sin redención posible.

RESUMEN

EL AMOR

Un sicario, nos cuenta el narrador en las primeras páginas, por si acaso no lo sabemos, es un joven de los barrios más pobres y olvidados de la ciudad (las comunas) que es contratado como asesino a sueldo. Normalmente, los sicarios van de dos en dos: uno conduce la motocicleta y el otro va atrás y es el encargado de disparar. Esta práctica fue popularizada por el capo del narcotráfico Pablo Escobar pero, después de su muerte, muchos de estos muchachos se han quedado sin trabajo y se han dedicado a matar por oficio, para saldar viejas deudas o para ganar dinero extra. Uno de ellos es Alexis, a quien Fernando conoce una noche en casa de un amigo, que suele contratar a muchachos para divertirse.

A pesar de las diferencias de edad y de clase social, a pesar de lo improbable que es, Fernando y Alexis se enamoran de inmediato. A partir de ese momento, empiezan una relación de guía y compañía mutuas, de camaradería. Fernando y Alexis se vuelven inseparables: Fernando acompaña al joven en sus peregrinaciones para visitar a la Virgen de Sabaneta, a la que todos los sicarios le rezan y le piden; además, recorren juntos la ciudad, visitan parques e iglesias, y Fernando le compra a Alexis televisiones y caseteras y lo lleva a vivir con él en su apartamento vacío.

Además de amantes, son buenos amigos y se divierten juntos. Fernando consiente a Alexis, le concede todos sus caprichos y lo hace reír con sus comentarios y sus quejas. Alexis le da a Fernando un motivo para vivir, le enseña el lenguaje de la calle y le explica la vida en las comunas. Pero, mientras que la forma de demostrar amor de Fernando es comprarle cosas a Alexis, para este último la manera de hacerlo es matar a todo el que incomode, aunque sea mínimamente, a Fernando. Este es el caso de un vecino, que pone música que Fernando detesta a todo volumen; un día lo ven en la calle y Alexis, sin más, le pega un tiro en medio de la frente.

LA MUERTE

Un día, mientras caminan por el centro de la ciudad, a Alexis lo matan. Tras esto, Fernando visita una comuna por primera vez, pues decide visitar a la madre del joven y darle dinero para ayudarla, ya que tiene más hijos.

Fernando se queda solo otra vez y se siente más triste y des-valido que nunca en una ciudad que le resulta cada vez más infernal. Sin embargo, un día, mientras camina sin rumbo, se encuentra con otro joven que le resulta familiar, empiezan a charlar y, como ninguno tiene nada que hacer, se van juntos a pasear. Este muchacho se llama Wílmar y, como Alexis, es un sicario muy joven y bello. Fernando se vuelve loco por él inmediatamente y comienzan un breve romance, en el que Fernando siempre es acosado por el recuerdo de Alexis. Un día, en uno de sus recorridos, se encuentran con La Plaga, otro joven sicario, quien le pregunta a Fernando por qué anda con el asesino de Alexis. Por supuesto, Fernando no lo sabía y decide matar a Wílmar. Sin embargo, no es capaz, pues se entera de que Alexis había matado al hermano de este.

Esta historia de amor también tiene un final trágico cuando, después de haber decidido huir juntos a un lugar mejor, Wílmar vuelve a su barrio estrenando unas zapatillas de deporte que le había comprado Fernando y lo matan para robárselas. Fernando se entera, pues lo llaman de la morgue a que vaya a reconocer su cadáver, y cuando sale de allí se da cuenta de que no solo los muertos están muertos en esa ciudad, sino también los vivos, a los que llama los muertos vivos: pobres seres sacados de la nada y obligados a vivir en el vértigo del tiempo.

ESTUDIO DE LOS PERSONAJES

En esta novela son pocos los personajes principales. En su mayoría, los que aparecen, a excepción de Fernando, Alexis y Wílmar y algunos amigos o familiares, son víctimas fugaces de alguno de los sicarios.

FERNANDO

Es un hombre viejo y cansado, que ha vuelto a su ciudad natal después de más de treinta años de ausencia. Homosexual y ateo, es un cínico desencantado de la vida. Aterrado con la decadencia que ve en Medellín, el único consuelo de Fernando son Alexis y Wílmar, sus jóvenes amantes, que le dan motivos para vivir. Fernando es un gramático y un hombre culto que disfruta del silencio, la lectura y la música clásica y, por lo tanto, choca y contrasta constantemente con los gustos y forma de hablar de Alexis y de Wílmar. Sin embargo, a pesar de las diferencias en su pasado, coinciden en su presente miserable, vacío y sin futuro.

Es el narrador de la novela y es a través de sus ojos como vemos todo: la transformación de Medellín en un infierno, la belleza de los sicarios y la justicia de sus motivos y la maldad de Dios.

ALEXIS

Es un adolescente pobre de las comunas de Medellín. Tiene los ojos verdes, hondos y puros, que contrastan con su corazón dañado. Alexis es homosexual declarado y tiene un cuerpo esbelto y atractivo, recubierto por una pelusa invisible que hace que brille con un color dorado bajo el sol y que enloquece a Fernando.

Ha sido sicario mucho tiempo y, cuando Fernando lo conoce y se enamora perdidamente de él, lleva más de diez muertos encima. Como todos los sicarios, lleva siempre tres escapularios: uno en el cuello, uno en el antebrazo y otro en el tobillo, que le sirven no solo de protección, sino también para que no le falle la puntería, para que no lo detengan y para que le paguen. Debido a su belleza física, a su alma podrida y a la muerte prematura a la que inevitablemente está destinado, Fernando lo llama su «Ángel exterminador» (Vallejo 2008, 19).

WÍLMAR

Homosexual y de una belleza impresionante, es conocido como «Laguna azul» por su parecido con el personaje de esa película: rubio, bronceado y de ojos verdes. Es, como Alexis, un sicario y, como él, se convierte en amante y compañero de Fernando. Además, como descubrimos al final de la novela, es el asesino de Alexis y, por esa razón, Fernando intenta matarlo. Sus sueños y aspiraciones en la vida son tener ropa y zapatillas de deporte de marca, una moto, un coche todoterreno y una nevera para su madre.

LA PLAGA

Sicario de quince años, su verdadero nombre es Héider Antonio. Es un niño bonito y travieso a quien le gusta jugar

al billar. Es amigo de Alexis y más de una vez lo salva de mo-
rir. Tuvo un breve encuentro sexual con Fernando, pero su
relación no llegó a más pues él tiene novia y la quiere dejar
embarazada para tener un hijo que lo vengue.

CONSIDERACIONES FORMALES

GÉNERO

Esta novela puede ser clasificada, sin dudarlo, dentro de un subgénero denominado novela del narcotráfico o novela de sicarios. Sin embargo, debido a varios elementos, puede ser más enriquecedor decir que la novela toma elementos de varios géneros.

Novela del narcotráfico

La clasificación de «narco» no es exclusiva de la literatura. Por el contrario, este es un término que se ha expandido a la televisión (hay narconovelas), la música (los narcocorridos) y, en general, la cultura popular. Este término es usado, pues, para referirse a los productos culturales que reflexionan sobre el complejo tema del narcotráfico en América Latina, sus varias aristas, sus causas y consecuencias sociales. Debido a que el fenómeno es relativamente reciente, también lo son las reflexiones en torno a este y se puede decir que son, sobre todo, del siglo XXI.

En el caso de *La Virgen de los sicarios* se puede decir que el tema del narcotráfico nunca se aborda directamente, pues, a diferencia de, por ejemplo, la serie *El capo* (2009) o, incluso *Narcos* de Netflix (2015), esta no se refiere de forma directa al narcotraficante y a su historia o motivos, sino que se enfoca, más bien, en las consecuencias sociales de este fenómeno y, particularmente, aunque no exclusivamente, en la actividad sicaria.

En su novela, Vallejo hace un examen de Medellín y las consecuencias que la violencia, la pobreza, la corrupción y el narcotráfico han tenido en la ciudad. Medellín se ha convertido en el infierno. Todos matan y mueren por cualquier motivo, nadie está seguro y la pobreza se reproduce sin parar. Es una ciudad sin dios ni ley, cercada por la miseria y la desesperanza. Así, la pobreza, el abandono estatal y la falta de oportunidades se mezclan y son el caldo de cultivo de toda clase de criminales: desde capos del narcotráfico hasta jóvenes sicarios.

> «En el mundo del tráfico ilegal de drogas en el que están involucrados autoridades, políticos corruptos, mafiosos y, en el caso particular de Colombia, guerrilla, grupos paramilitares y comités de autodefensa, y en el que no se puede establecer con claridad la diferencia (si la hay) entre unos y otros, el sicario es la última rueda del coche. Al mismo tiempo, encarna todas las perversiones del sistema: criminalidad, consumismo, una ilimitada capacidad de violencia y la aparente indiferencia ante la muerte» (Polit Dueñas 2006, 125).

Esto lleva al ya cínico narrador a un estado de desesperanza absoluta: la raza paisa (como se llama a la gente de Medellín), y la colombiana en general, es una mezcla desafortunada:

> «Españoles cerriles, indios ladinos, negros agoreros: júntelos en el crisol de la cópula a ver qué explosión no le producen con todo y la bendición del papa. Sale una gentuza tramposa, ventajosa, perezosa, envidiosa, asquerosa, traicionera y ladrona, asesina y pirómana. Ésa es la obra de España la promiscua, eso lo que nos dejó cuando se largó con el oro» (Vallejo 2008, 105).

Por esa razón, asegura el narrador, el mayor crimen del ser humano no es matar, sino nacer, existir. Entonces, teniendo en cuenta lo dicho en el párrafo anterior, se puede decir que para Vallejo lo que sucede en esa Medellín es consecuencia del narcotráfico, sí, pero, a la vez, ese narcotráfico y esa violencia serían consecuencia de una esencia malvada intrínseca al hombre.

Testimonio

Se puede decir, también, que *La Virgen de los sicarios* es un testimonio. El narrador es testigo de la historia reciente de Colombia y de lo que sucede en Medellín y su texto es un testimonio sobre lo que ha visto. Es su forma de decir que lo que sucede en ese país, aunque parezca una locura y sacado de los sueños más absurdos del surrealismo, como asegura el narrador en un punto de la novela, es verdad y sucede todos los días. Probablemente, decir que la Medellín de la década de los noventa era la más insegura del mundo no era una exageración, sino la constatación de un hecho, y la novela nos sirve para probarlo.

Pero además, se puede decir que la novela es un testimonio en el sentido de que es una confesión. El narrador es testigo y autor intelectual de decenas de asesinatos de la mano de su amado Alexis. Muchos de los asesinatos que comete Alexis, como el del vecino «hippie» que pone música metal a todo volumen, son producto de comentarios o peticiones de Fernando. Así pues, se podría asegurar que, de una manera extraña, pues el narrador se exculpa varias veces, la novela es su forma de confesar su culpa y su parte de responsabilidad en los hechos que atormentan a la ciudad a diario. El texto, que es autobiográfico, transforma la simple descripción de la vida de esos sicarios en la confesión del pecado. A pesar de la negación, del decir que todos somos culpables por el hecho de haber nacido —y especialmente los colombianos, que serían una raza maldita—, la cantidad de detalles que cuenta, la selección de víctimas y el hecho de que hable en primera persona hacen pensar que se trata de una confesión.

Literatura de visiones

La visión era un género muy popular en la Edad Media. Consistía, principalmente, en una narración que contaba un sueño o una visión. Muchas veces, estas visiones consistían en un descenso al infierno o al mundo de los muertos y un recorrido por lo que allí sucedía. Por lo general, estas narraciones tenían un fin religioso y moralizante, pues asustaban al anunciar lo que le deparaba el futuro a los pecadores. Esta literatura de visiones se relaciona con la escatología, el conjunto de creencias religiosas en torno a las realidades últimas y, en particular, al destino final del ser humano. La literatura de visiones sería, pues, una de las aproximaciones del cristianismo a la escatología, pues esta examina una de las posibilidades que le esperan al ser humano tras la muerte: el infierno.

El género de la literatura de visiones y el destino último del hombre fue retomado en el Renacimiento y el Barroco, pero con fines más políticos de hacer crítica social. Quizás, el ejemplo más famoso de este tipo de visión es *La Divina comedia* de Dante Alighieri (siglo XIV).

Es con esta última, sobre todo, con la que se ha comparado la novela de Vallejo. Según Héctor D. Fernández L'Hoeste en su ensayo titulado «La Virgen de los Sicarios o las visiones dantescas de Fernando Vallejo» (2000), los recorridos que hace Fernando por Medellín son equiparables a los de Dante por el infierno, al igual que el uso de la motivación amorosa para dar inicio al recorrido. Además, como en el poema del florentino, en la obra del paisa nadie se salva de sus críticas y comentarios ácidos (desde presidentes hasta transeúntes) y la narración sirve como forma de denunciar los desmanes de los políticos, del Estado, de las instituciones y de la misma Iglesia.

Pero no solo por la motivación amorosa y la crítica política se puede decir que *La Virgen de los sicarios* haría parte de esta tradición, sino también por las imágenes a las que recurre Vallejo para hablar de la ciudad y, sobre todo, de las comunas que la rodean. A pesar de que estas están ubicadas en la montaña, cerca del cielo, están más cerca del infierno y se describen varias veces como barrancas, precipicios y rodaderos, es decir, con imágenes que evocan el descenso. Incluso, en un punto de la novela, el narrador dice que los pobres que viven en las comunas no irán al cielo cuando mueran, sino que se irán al otro infierno, el que le sigue a la vida.

Además, Fernando se refiere varias veces a Alexis no solo como su «Ángel exterminador», sino también como un «ángel caído». El concepto del ángel caído es muy antiguo en la tradición cristiana y se refiere a Lucifer. Así, Alexis habría caído en Medellín desde las comunas, desde allí arriba, y sería casi una personificación del diablo: ese personaje seductor que fue condenado por Dios por desobedecerlo y que reina en los infiernos.

Entonces, se puede decir que Medellín, para Vallejo, es una visión alucinada del infierno y también su anticipación. *La Virgen de los sicarios* es, pues, un nuevo texto apocalíptico que nos advierte del final del mundo y de la raza humana.

Realismo sucio

El realismo sucio fue un movimiento literario norteamericano de los años setenta liderado por autores como John Fante, Raymond Carver y Charles Bukowski. Sin embargo, el movimiento se extendió a Hispanoamérica y hay críticos que han asociado algunas características de *La Virgen de los sicarios* con este movimiento.

Una de las principales características del realismo sucio es que las historias se centran en los personajes más cotidianos y grises de nuestra sucia realidad. En otras palabras, se concentra en narrar la vida de los antihéroes, esos personajes perdidos de la sociedad que representan el fracaso de nuestras formas de vida; los marginados y los parias. Por este motivo, el realismo sucio suele usar un lenguaje común, muy directo y plano. Además, debido a la amargura de estas vidas olvidadas, suele recurrirse al humor negro y a la ironía. Por último, se trata de una manera diferente, más desencantada y pesimista, de aproximarse al mundo, de ver lo peor que hay en él y describirlo como se ve.

Todos estos elementos se pueden ver en *La Virgen de los sica-*

rios, que tiene, según Camacho Delgado (2006), una estética mórbida en la que el crimen y sus aledaños son los grandes protagonistas. Así, Alexis, Wílmar y La Plaga serían esos antihéroes, esos «desechos» de nuestra sociedad podrida, los últimos en la cadena del narcotráfico y quienes más sufren sus consecuencias violentas. Ellos son el resultado de un estado ausente, de unos compatriotas indiferentes y de aquella aspiración, que permeó todas las esferas de la sociedad colombiana, de enriquecerse rápidamente y a costa de lo que fuera. Fernando se enfrenta a esta realidad de las comunas, de la montaña, que contrasta con la Medellín de abajo, la ciudad elitista que les da la espalda, pero que a veces sufre las consecuencias de ignorar a esos otros. Y al enfrentarse a esa realidad se da cuenta del mal y no le queda más remedio que narrarlo con crudeza y cinismo.

ESTILO Y LENGUAJE

Estilo y estructura

Esta novela corta no está dividida en capítulos ni en partes. Por el contrario, se trata de un solo bloque, dividido apenas en párrafos, en el que se salta de un tema a otro casi indiscriminadamente. Esto responde a que se trata de un discurso libre indirecto, es decir a un discurso que intenta imitar cómo funciona el pensamiento humano: de asociación en asociación y sin estructura u organización. Así, todo está permeado por el pensamiento y las percepciones del narrador, desordenadas y subjetivas. Fernando siente nostalgia por la Medellín del pasado, por la que solo existe en su recuerdo, y por eso se dedica no solo a contar las historias de los sicarios, sino también a recordar.

Por estas razones, el texto no es lineal, y, como vemos desde el principio, está plagado de recuerdos y de retrocesos al pasado. La novela empieza así:

> «Había en las afueras de Medellín un pueblo silencioso y apacible que se llamaba Sabaneta. Bien que lo conocí porque allí cerca, a un lado de la carretera que venía de Envigado, otro pueblo, a mitad de camino entre los dos pueblos, en la finca Santa Anita de mis abuelos, a mano izquierda viniendo, transcurrió mi infancia» (Vallejo 2008, 7).

Como podemos ver, a pesar de que la novela narra una historia en presente cuando el narrador ya es mayor, empezamos con su infancia, pues, como ya se ha dicho, la novela narra los contrastes y los cambios impresionantes en la ciudad a raíz del narcotráfico.

Pero, más interesante aún, el narrador recuerda este episodio de su infancia porque está yendo con su amante a Sabaneta, ahora un barrio más de la ciudad, a visitar a la Virgen a la que le rezan todos los sicarios. La forma en que el lector se entera de lo que le va a contar el narrador no es tradicional: Fernando no empieza contando quién es él y cómo conoció a Alexis, sino que empieza con un recuerdo y una asociación. Así, el estilo que tenemos desde el principio de la novela y que se repetirá a lo largo de esta es una mezcla entre lo que ha vivido el narrador recientemente y sus asociaciones libres al respecto, que narran un tiempo ido.

Sin embargo, la obra no solo está construida con base en recuerdos y asociaciones, sino también a partir de anticipaciones. Es así como desde la página diez, cuando apenas estamos empezando a conocer la historia, nos enteramos de que han matado a Alexis. La novela, pues, juega con distintos tiempos y recuerdos que se superponen y que nos dan acceso a la compleja subjetividad de Fernando.

Lenguaje

Según algunos críticos, el lenguaje fue uno de los elementos con los que, y a través de los cuales, la clase letrada colombiana imaginó y forjó su idea de nación. Gracias a intelectuales como Miguel Antonio Caro y Rufino José Cuervo, el español que se hablaba en ciertas partes de ese país fue construido como el ideal y su gramática como la más adecuada. Esta construcción de la nación a partir de una idea muy particular de que el buen español era el que hablaba en Bogotá la clase alta, redundó en una ciudad excluyente que siempre ha visto a los habitantes del resto del país como provincianos e iletrados.

Fernando, nuestro narrador, no es ajeno a esto, pues él mismo es un gramático que ha dedicado su vida al estudio de la lengua desde su condición privilegiada. Sin embargo, lo que vemos en esta novela es justamente una transgresión de todas esas normas, pues el narrador se dedica, no solo a criticar expresiones mal usadas, sobre todo por parte de los periodistas, sino a explorar y plasmar el lenguaje de la calle, el de la comuna, el de la clase baja: a lo largo del texto el narrador no solo nos explica qué es un sicario o una comuna, términos nuevos que designan una nueva realidad, sino que también debe traducir para nosotros, los lectores. Así, nos dice que «el fierro» es el revólver, «quebrar» es matar, «el muñeco» es el muerto, una «culebra» es una cuenta pendiente, «a todo taco» significa a todo volumen, una «pinta» es un atracador y un «parcero» es un amigo. Todos estos términos, tan cotidianos en las comunas y extraños para los lectores, encierran, para el narrador, una cierta belleza y un cierto encanto. Él no los reproduce para burlarse o para corregirlos, sino que lo hace a modo de registro para mostrar cómo cambia el lenguaje.

Pero además, Fernando no solo reproduce el lenguaje de la calle e intenta apropiárselo, sino que lo mezcla con expresiones cultas y discusiones gramaticales. Por ejemplo, el narrador usa palabras en latín como «vultur» para referirse a los buitres, usa palabras del español cervantino como «hideputa» en lugar de «hijuepueta» como dirían en Medellín, habla del «rüido» que entra por su ventana, en una alusión directa a la poesía de Fray Luis de León y discute la diferencia entre las formas verbales «deber» y «deber de», que Alexis usa de forma incorrecta.

Entonces, al usar ese lenguaje en su construcción, al mezclar el lenguaje culto y la poesía con el habla callejera de las comunas, la novela las iguala e invierte el orden establecido. La novela le da un lugar y protagonismo a un lenguaje que no ha estado en los libros y, así, inserta esa otra realidad, que el país de clase alta se ha empeñado en ignorar, en la historia y en la identidad colombianas.

TEMÁTICAS Y CLAVES DE LECTURA

SICARIATO: VIOLENCIA Y MUERTE

Como se dijo más arriba, en la discusión sobre el género de la novela, uno de los temas principales de *La Virgen de los sicarios* es, como su nombre lo indica, la actividad sicaria y su relación con la violencia y la muerte.

Los sicarios son jóvenes de los barrios más pobres de la ciudad que, a falta de mejores oportunidades, se dedican a ese oficio, pues en una ciudad como Medellín resulta muy rentable. Así, la relación que tienen con lo que hacen es muy particular. Acostumbrados, dado el lugar en el que crecieron, al maltrato, el abandono y la persecución, no consideran que su actividad sea poco apropiada. Cuando uno de ellos va a confesarse con un sacerdote, no confiesa los muertos que lleva encima, pues estos son responsabilidad del autor intelectual y no suya. Acostumbrados a que la vida no valga nada, no ven problema en acabar con la de alguien más, ya sea por una venganza personal o por una orden y un buen pago.

Además, tienen una relación cercana con la muerte. Su oficio, por supuesto, tiene riesgos y, como nos dice el narrador, a los quince años ya suelen ser viejos, no solo por todo lo que ya han vivido sino porque probablemente les queda poco tiempo de vida. Por tanto, la muerte es, para estos chicos, una compañera diaria.

La violencia y la muerte son, en la Medellín del narcotráfico, algo con lo que se vive a diario y son tan comunes que ya están naturalizadas. A lo largo de la novela, no solo los sicarios matan por cualquier motivo, sino que el resto de las personas en la ciudad son absolutamente indiferentes. Un asesinato en el centro a plena luz del día se ha vuelto casi normal e incluso los niños corren para ver al muerto a modo de diversión.

El narrador, sin embargo, no juzga, y cree, por el contrario, que esas muertes están bien. En un punto de la novela en el que Wílmar asesina a una madre y sus hijos en un autobús, Fernando considera que eso es justo, pues su existencia miserable es irrelevante para el mundo. Aunque los motivos de los sicarios y de Fernando son completamente distintos, al final no importa, pues el objetivo de ir eliminando poco a poco a esa raza dañada se cumple. Para los sicarios, matar es una cuestión de supervivencia (si no matan, los matan o se mueren de hambre), de arreglárselas para sobrevivir; para Fernando es una cuestión ética. Dado que, como se demuestra en Medellín día a día, la colombiana es una raza mala, que solo se reproduce y genera más maldad y miseria, lo lógico es acabar con todos y evitarle más sufrimientos al mundo.

Así pues, la actividad sicaria está necesaria e íntimamente ligada a la violencia y a la muerte. Y la novela nos muestra que estas parecen ser, al tiempo, sus causas y consecuencias en el círculo vicioso sin fin de una sociedad que le da la espalda a los más pobres.

MEDELLÍN: UNA CIUDAD DE DOS CARAS

A lo largo de la novela vemos cómo la ciudad es una protagonista principal. El narrador nos habla de sus grandes transformaciones, pero también de sus calles, de su centro y de sus iglesias. La ciudad de Medellín no es solo el trasfondo donde sucede la acción, no es solo un escenario, sino que es casi un personaje más y es vital para la historia.

Tal como nos dice el narrador, Medellín es, en realidad, dos ciudades: la de arriba, de las montañas y laderas, la que constituye un cinturón de pobreza, y la de abajo, del fondo del valle, la próspera que intenta ignorar lo que sucede a su alrededor. Estas dos ciudades están íntimamente ligadas como en un abrazo, pero no en uno cualquiera, sino un abrazo de Judas, es decir, traicionero.

Y lo es porque cuando estas dos ciudades se cruzan algo siempre acaba mal. El nexo más claro entre la ciudad de arriba, que es, paradójicamente, la puerta del infierno, y la ciudad de abajo son los sicarios que bajan a vagar, a robar y a matar. Pero además, es un abrazo traicionero porque estas dos ciudades, que son una, ambas víctimas y culpables, se odian y se temen. Los de arriba odian a los de abajo debido a todas sus comodidades, a sus vidas más fáciles, a sus privilegios. Y los de abajo temen a los de arriba, pues suelen ser los que traen la violencia y la inseguridad. Los de abajo no se dan cuenta muchas veces de que esa violencia y esa inseguridad son consecuencia de la exclusión a la que son sometidos diariamente los de arriba, a la falta de opciones y de oportunidades.

La ciudad es, pues, un escenario de lucha constante, de violencia y de muerte. Es un caos competo y resulta irreconocible para su narrador, que la conoció en épocas más felices. Pero también es el lugar que, aunque tarde, como dice el narrador, permite el encuentro feliz de Fernando con Alexis y, en esa medida, representa también una oportunidad de transgredir el orden establecido.

EL AMOR HOMOSEXUAL

La Virgen de los sicarios es una historia de amor. Pero es una historia de amor poco común y que trasgrede muchos de los límites que, normalmente, la sociedad se impone —la edad, la clase social y, sobre todo, el género—. La sociedad colombiana sigue siendo hoy en día conservadora en lo referente a la sexualidad, pero lo era mucho más hace veinte años, cuando salir del armario era todavía un escándalo.

Pero, sobre todo, esta relación resulta más extraña porque se trata de un sicario. Los sicarios y, en general los hombres del narcotráfico son, en el imaginario colectivo, símbolos de la masculinidad y de la valentía, hombres que no le temen a nada, que son violentos y agresivos y que, normalmente, debido a su poder y al respeto que inspiran, pueden tener a la mujer que quieran. Así pues, el hecho de que Alexis, un sicario de la Medellín de los noventa, sea homosexual, trastoca esta idea del narcotraficante común y dota de complejidad a los personajes.

Aún más, Alexis está completamente convencido de su sexualidad y no le interesa siquiera estar con mujeres, a diferencia de Fernando, que se ha acostado con dos:

> «Después, sabiendo que me iba a responder que sí, por no dejar, le devolví la pregunta y le pregunté si a él le gustaban las mujeres. —No —contestó, con un "no" tan rotundo, tan inesperado que me dejó perplejo. Y era un "no" para siempre: para el presente, para el pasado, para el futuro y para toda la eternidad de Dios: ni se había acostado con ninguna ni se pensaba acostar» (Vallejo 2008, 21).

Así pues, a los ojos de Fernando, la pureza de Alexis emana del hecho de que jamás se ha acostado con una mujer y eso es lo que lo enamora de él: su verdad.

De esta forma, la novela construye el amor homosexual como el ideal, pues, según el narrador, las mujeres son inferiores e impuras. En esta Medellín infernal, en la que todo es caos y desesperanza, en la que queda poco lugar para lo que no sea la miseria y en donde los pobres se reproducen cuando no deberían, el amor entre dos hombres sería, entonces, el único posible y el único deseable. Esta lógica del narrador contravendría a aquella de la Iglesia católica, según la cual hombres y mujeres deben estar juntos por naturaleza. Sin embargo, el narrador dice que todo lo anterior lo aprendió en el colegio de curas en donde estudió, en una referencia velada y una crítica a la pederastia de la que varias veces ha sido acusada la Iglesia católica.

LA RELIGIÓN CATÓLICA

Como ya se adelantaba en el párrafo anterior, otro tema importante de la novela es la religión católica y, particularmente, las duras críticas hacia ella en un tono provocador. Junto con el lenguaje, la religión ha sido, según varios críticos, el otro elemento mediante el cual la clase letrada colombiana forjó la idea de nación. La religión, sin embargo, a diferencia del lenguaje, no ha sido, necesariamente en Colombia un elemento de exclusión, sino que es una de las pocas cosas que une a la población: ricos y pobres por igual suelen ser creyentes. Además, el país, a pesar de haberse declarado un estado laico, sigue encomendándose al Sagrado Corazón de Jesús.

La religión ha sido, para Fernando, una manera de controlar a la población, de mantenerla sometida a base de engaños y de garantizar que los pobres se conformen con su presente miserable con la promesa de la salvación. El catolicismo, pues, para Fernando, es un mito más, una mentira que las personas se dicen para poder sobrevivir, pues si vieran el mundo como es, como se supone que él lo ve, todo el mundo querría acabar con su vida.

Este cuestionamiento a los principios del catolicismo es sistemático y busca hacer una refutación teológica consistente en toda la obra de Vallejo. La novela no solo explora la posibilidad de que Dios no exista, sino también la idea de que es malo, ya que ¿por qué habría de ser el poder supremo bondadoso? A pesar de que en las primeras páginas el narrador asegura que Dios es una mentira, luego hace afirmaciones como esta: «Hace dos mil años que pasó por esta tierra el Anticristo y era él mismo: Dios es el Diablo. Los dos son uno, la propuesta y su antítesis. Claro que Dios existe, por todas partes encuentro signos de su maldad» (Vallejo 2008, 86). A medida que pasan las páginas y Fernando se va adentrando cada vez más en Medellín y viendo lo que allí sucede, se convence de que Dios existe y es malvado. Esta constatación, cuando ve el cadáver de Wílmar en la morgue, lo lleva a asegurar que, en realidad, la maldad de Dios es inmensa, inconmensurable y sobrecogedora.

La novela tiene pues, enormes vínculos con el catolicismo, no solo por sus referencias constantes a temas religiosos, sino porque es una dura crítica y una burla a la religión católica. Esta, casi al igual que el sicariato, es en gran medida responsable de la violencia y de la miseria del país y por eso el título de la novela, en el que se asocian los dos elementos, no es gratuito. Estos dos, en principio tan diferentes y opuestos, son caras de la misma moneda: la sociedad colombiana excluyente y desigual que sobrevive manteniendo a los pobres en la pobreza y después se pregunta de dónde viene tanta violencia.

PISTAS PARA LA REFLEXIÓN

ALGUNAS PREGUNTAS PARA PROFUNDIZAR EN SU REFLEXIÓN...

- ¿En qué medida y hasta qué punto se podría decir que en esta novela se hace un retrato fiel de la Medellín de la década de los noventa?
- ¿Está de acuerdo con que *La Virgen de los sicarios* puede ser equiparada a una peregrinación por el infierno? Justifique su respuesta mediante ejemplos.
- Piense en su visión sobre el narcotráfico y los sicarios. ¿En qué medida se asemejan o se diferencian de lo que se ve en la novela?
- Cuando Fernando y Alexis hablan sobre su homosexualidad, Fernando dice que las mujeres son inferiores y que por eso los hombres deberían tener solo relaciones entre sí. Esta no es la única afirmación de ese estilo que hace el narrador. Teniendo en cuenta esto, ¿Se podría afirmar que esta obra es una novela misógina? ¿Por qué?
- ¿Cree que la postura de Vallejo es solo provocadora o una crítica social acertada? ¿Por qué?
- Escoja tres afirmaciones polémicas de la novela y explique por qué está de acuerdo o en desacuerdo con ellas.
- ¿Cuál es el papel de la religión en la obra?
- ¿En qué medida podemos confiar en Fernando como narrador?

¡Su opinión nos interesa!
¡Deje un comentario en la página web de su librería en línea,
y comparta sus favoritos en las redes sociales!

PARA IR MÁS ALLÁ

EDICIÓN DE REFERENCIA

- Vallejo, Fernando. 2008. *La Virgen de los sicarios*. Bogotá: Alfaguara.

ESTUDIOS DE REFERENCIA

- Camacho Delgado, José Manuel. 2006. "El narcotremendismo literario de Fernando Vallejo. La religión de la violencia en La virgen de los sicarios". *Revista de Crítica Literaria Latinoamericana*, vol. 32, n.° 63/64, 227-248. Consultado el 15 de noviembre de 2016. http://www.jstor.org/stable/25070333?seq=1#page_scan_tab_contents
- Fernández L'Hoeste, Héctor. 2000. "La Virgen de los sicarios o las visiones dantescas de Fernando Vallejo". *Hispania*, vol. 83, n.° 4, 757-767. Consultado el 15 de noviembre de 2016. http://www.jstor.org/stable/346446?seq=1#page_scan_tab_contents
- Polit Dueñas, Gabriela. 2006. "Sicarios, delirantes y los efectos del narcotráfico en la literatura colombiana". *Hispanic Review*, vol. 74, n.° 2, 119-142. Consultado el 23 de noviembre de 2016. http://www.jstor.org/stable/27668737?seq=1#page_scan_tab_contents

LECTURAS RECOMENDADAS

- Hoyos, Héctor. 2010. "La racionalidad herética de Fernando Vallejo y el derecho a la felicidad". *Revista de Estudios Sociales*, n.° 35, 113-122. https://issuu.com/data/

docs/res_35

- Jáuregui, Carlos y Juana Suárez. 2002. "Profilaxis, traducción y ética: La humanidad 'desechable' en Rodrigo D. no futuro, La vendedora de rosas y La Virgen de los sicarios". *Revista Iberoamericana*, vol. LXVIII, n.° 199, 367-392. http://revista-iberoamericana.pitt.edu/ojs/index.php/Iberoamericana/issue/view/214

ADAPTACIONES

- *La Virgen de los sicarios*. Dirigida por Barbet Schroeder, con Germán Jaramillo, Anderson Ballesteros, Juan David Restrepo. Colombia y Francia: 1999.